松鼠记

吕周杭 著

+ 第39届青春诗会诗丛

《诗刊》社／编

长江出版传媒

长江文艺出版社

39 青春诗会
Youth Poetry

元复诗歌基金支持

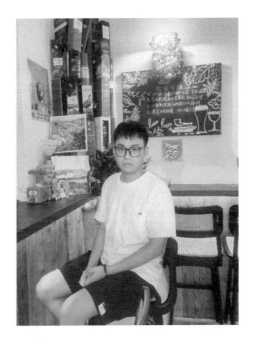

吕周杭

2000年生，吉林长春人，现就读于吉林大学。曾获《诗刊》2022年度陈子昂诗歌奖"年度青年诗人奖"，2023东荡子诗歌奖·高校奖。

目录

辑一　一千零一夜

辑二　悬浮的行星带

辑三　奇异果

辑四　试金之心

辑五　直击火星

辑一　一千零一夜

明水路

冷天气，旧巷子，新情爱隐忍着
发湍急的亮。溅出些声音

来我们的身上。要你记得
掸不落的避水咒，划在我的掌心

乾隆的一天

起雾了，紫禁城好生厚重。
臣子们飘浮起顶戴，噤声做红水母，
从脚底喘气，也从脚底生根。棋盘上，
形色各异的珠子，王座吐出的卵
已演化成中年王国的神经节点。
他们的双腿没在积雨里，吃紧了
催动弯曲的应力。好聪明的头颅——
也愈发肥大了。奏章里无代价的忠诚，
殷勤如收银台吐出的小票。扔下朱批，
你的巡视只能触及弹性的拟态壳，
谁让你们同样聪明呢？偶有的意外，
是漫长热浪翻动的大明湖，更像男孩
沉睡时的梦境。那个女孩会寻来，
在二十年后，虔诚地跪在脊椎的末节。
而荷叶摩擦的静电，与照亮躯体的
雷暴间，依然隔着看似无尽的海洋。

屋顶的格格

夏季了，屋顶的格格重复爱情
的样板戏，像毛躁的滚轮仓鼠，
奔跑在循环的厨房口，指不定
碰倒什么心爱的玩意儿。多留心些。
疯格格辨不得调料罐，柱状的盐
与琐碎的砂糖都是白色，可阿玛
往往扮演个盲人。他操控着最敏锐
的舌头——皇宫，去舔舐瞳孔里
倒映的地图。格格总能看见，
她曾试图解开蛛丝盘绕的眼罩，
但进化论没有放过最大的权力，
或者，离得越近进化得越快。
她想再吵闹些，再跑快些，去激怒
他愈发老态的耳朵。把伤口换算成砝码
——如果天平还在。去对抗
反复权衡的生活，以蝴蝶或炸开的坟墓。
勇于掏出璀璨的一个，在我们中

香妃于宝月楼

夜深了，渐冷的马蹄敲下一层酥，
琐碎的霜覆在通往宝月楼的小径，
像精心的摆盘，拱起充盈烛火的
玻璃球。瓜果的香气四时弥散，
像微缩盆栽里人为的造雾，固守
象征西域的观赏石。供你嗅着。
长街的对面是回民营，你想象
回旋的琵琶曲，在皇城里划出
方巾大小的草原。一点点拭亮
真正的宝月楼——法蒂玛，
你偷偷唤着自己，脱下沉重的绿幕
——端着热汤的容妃、话本里
引蝶的身体，踮脚取回暗格的糕点。
舞蹈，你们在排练厅短暂地
照见彼此，湿漉漉。屏风扮演镜子，
宝月楼是封闭的蛋壳。夜深了，
渐冷的马蹄敲下一层酥。

皇后娘娘在静心苑

天凉了，静心苑坐成一口
光洁的枯井，像火罐扣在
起皱的紫禁城，褪下一圈落叶。
这儿藏着无数的引线，可惜
历史是个哑巴，它攥着吸满
真相的墨囊，旁观织布机
再造新锦绣。这儿也不缺少被欲望
奴役的忠诚，御花园结满澄明的灯芯：
亭亭然。忠诚带来秩序，
新词旧赋，上了台都伴同样的曲。
遍历空心的细腰，哪儿的粉都是味
不苦的良药。坤宁宫不缺皇后，
更不需要妻子，仅仅要承接圣谕的
丝绸，柔软地让那些命令的字眼
渗入光滑的切面。心窝的内陆港，
统治的咒语从这儿出发。
这儿早已习惯了匍匐，上与下，
尊与卑。当爱带来填不尽的欲望
——平等，紫禁城没有活水，
只有燃烧，和燃烧中响亮的爆破音。

容嬷嬷的叹息

下雪了，静心苑的炭怎么烧
也烧不热。她想捡点易燃的物件，
在成为乳母前的冬天，她常要
去田地里捡拾冻秸秆，
在炉子边烘干它们体内的雪水。
可惜了。这些经验只适用于旷野，
人和草木一样随意地长。
宫里有宫里的规矩，木头也有，
硬的要绷紧传递权力的匾额，
软的要能缓缓烧成带香的雾，
各自有各自的用，而冷宫似乎
就应该冷着。但她是个嬷嬷，
换掉韵母就是妈妈。她想让
自己的孩子暖和点，她翻着自己，
像整理一个年迈的箱子。尝试
再摸索出新的物件，还有什么
可以典当呢？一切不合时宜着，
她像刚进宫时一样慌张，那时
她是陪嫁来的绣花针，干惯了
缝缝补补。但很快，她成了
最锋利的刺，朝向别人的女儿。

现在她老了，她摘掉自己的骨头，
在屋子里不出声地踱步，像只
轻盈的老猫。

永琪致小燕子

1

成语还在记吗？昨夜我梦见你
像厌倦服药一样推开了这些方块。
其实好多道理都是大可不必，
如果你看不见它们，它们就是透明的。
但我想交给你钥匙，让你知道
这些方形城池如何连成坚韧的锁链，
束缚着我们。它教我永恒地做
一个国家早慧的儿子，并习惯
将珍爱的一切绘入名为我的圆圈。

2

我火柴般莽撞的战友，在潮湿的
生态缸里，还有什么会擦亮你吗？
你曾经像仓鼠一样毛躁，于是
名为婚姻的滚轮让你跑入迷宫。
一辈子追逐靠近，却跑不出
圆滚滚的天地。

现在我要把蜡烛吹灭，在黑暗
充盈眼球的那几秒，我会
在心头默念，直到真实的轮廓
与信里的叙述同步，缓慢洇开。
或者它没有出现。小片墨渍
拢住的原点。

白蛇序

折纸的立方根等于货币。衔了这叶子，
买药铺买人情买安稳。千年道行金手指，

杠杆撬动经济账。抬起宋代庭院，
筑巢，筑樊笼，筑万家灯火之倒影。

锐角般剪入西湖人间模拟器，主线任务：
家庭主妇，借三维人面，消化二维生活。

蛇信合十。值此炊烟一盏，未熄且灵便着，
抚过去：临安——外翻的巨蟒，跳动

温热的市井心脏，也埋下生存的苦胆。
那些飞奔和叫嚷就像丛林中新鲜的雾滴，

细密地擂枝叶的鼓，敲向心底的弓身。

初 学

自动寻路大宋律，抑住为蛇的本能，
吃熟的，爱美的，迈人的步子，
屏住舌尖的分叉，说人的语言
可惜脑子暂时转得比嘴快，要
慢慢地吐字，像逼近警惕的猎物，
表达爱的是吻，表达欲望的是吞，
最想做的职业是老板娘，还要记得
避开雄黄和金山寺的和尚。
白素贞修订着生存手册，
有时蒲团上懈得蛇尾，提起精神
戒得本心，修行竟是
含在厨房的一口水菩萨。

水漫金山

雨室如注，金山何颓
              西子湖依旧当时模样
桥未断，寸断了柔肠①
              垂问情爱和雷峰塔的与非门

---

① 出自越剧《白蛇传·断桥》："西子湖依旧是当时模样/看断桥桥未断，却寸断了柔肠/鱼水情山海誓，他全然不想/不由人咬银牙埋怨许郎。"

许仙·断桥

兵甲样的雄黄游荡在临安城，
天气筹划着戒律，烫手的符咒，
将要翻出西湖底的积雨云。

我不知该疑惑什么。过去的娘子
或者眼前的，你洞口的丝线攘入过
多少男人，我可是修行的驿站？

我可以是同一场戏剧里，另一个时空
的看客，可以是和尚，是挑夫，是捕快，
是无须在意的布景。而你依然爱着相公，

像沉溺时握紧的稻草。人间是我，
蛇蜕是我，岸是我。娘子！它们就要倾倒下来，
爱曾经多么方便，就有多么恐惧。

许仙·金山寺

我踩着石级，像踩着一头巨兽
滑腻的皮肤。它还在沉睡，
但雷声昭示它的愤怒和不甘
雨水中浸泡着铁锈的腥气，
身上的药香，
在我走入雨水的瞬间瓦解。

我的身形正在无数的水洼里聚散，
它曾经那么矫健，像最柔韧的苇草，
一捧水就能洗去穿梭市井的泥泞。
现在它像逐渐膨胀的孔明灯，
吸下油脂、烟尘，更多是那盏
随她而来的烛火吐出的
蓬松的热气。

忽发的钟声像雨水的休止符，
强烈的间奏摇撼着我的心脏。
不变的是我的手，
一双女人模样的手。
它操控着药铺精密的戥子，
现在我用它叩动门环，
为自己开一副方子。

法海序

超长待机的五百年，他还是
金山寺与人攀谈的方丈。
朝廷给他发了巨大的匾额。
在小说里，他则是拆散姻缘的老和尚，
作为清规戒律，掩饰一个个
由内部打破的蛋壳。

文艺故事带来旅游经济，游人如织，
湖畔林立着畅销的手串和雄黄酒，
情爱中的青年，飞燕衔泥般筑起
山脚的万家灯火。
白蛇的孩子也在其中，或许，
人类的祖先真的是蛇。
但事件也真成了传说，
他还是法海方丈，物种起源没降生在亚洲。

法海与小青

"永不止息，亿万斯年。"

——田沁鑫《青蛇》

这些天，他总会梦到那年逐次漫延的水势，
愤怒的白蛇和惊慌的人，那天后，僧人们
把鱼虾遣返，也有的留在佛祖的手边，
选择了不同的道路。此刻，他想摇下
房梁上的那个阴影，多年以来，
她固执成大殿的一部分，将等待推向
趋于平静的常数。他即她的轴心。
袈裟、禅杖、钟声，俱是向心的星尘。

终　章

金山寺仿佛地球旋转的计数器，日夜钟声，
问题还是老问题，恳请授业解惑的人群
往复如潮。轮回后会更智慧吗？

再人间，还是千江有水千江月①，世界
是寂寥的同心圆。般若波罗蜜多，度化了谁，
又印住了谁？

---

　　①　见宋·雷庵正受《句》："千江有水千江月，万里无云万里
天。"

本命年

"声音会留在磁带里吗？"
雅秋，水鸟在你的日记本里起落，
摇曳着不宁，摇曳着
水露方息的停机坪。是我们的路吗？
好多事情急于肯定，那悬在树上
罹患雨季的果实，被日头悄然剥开。
我想，我在努力攻克那些昼夜，那么多
再次灌入口袋的糖豆，不亚于一次失落
的冲锋。

雅秋，你曾饲喂的盆栽，正吐出
失眠的猛犸。空间退至虚数位，雨林
尽是蒙昧的吗？
运输带加速传动，硬车厢硌碎满月亮，
可牙齿未经允许。好些时候，
甬道里排列着红色的消防栓。
我无法搬运自己，像从前那样快活。
雅秋，这曲折的使你我……可声音，
真的可以留在这里吗？

蓝色史迪仔

"我们坐拥银河，却那么孤独"

——李昀璐

孤独是蓝色的。"blue"，
催动它的咒语像吹出一个泡泡，
倒映出颜色茂盛的夏威夷。
这也会召唤出史迪仔，试图
打乱水彩的破坏者、猫皇唱片播放器，
或者蓝色的小狗。作为破坏者，
史迪仔是有六只手臂的外星怪兽，
微型旧金山沙盘里神气的小将军；
作为播放机，史迪仔是天赋异禀的吉他手
以及 dancer。作为小狗，史迪仔不乖，
但足够诚恳，勤奋地为家庭服役。
史迪仔牌发动机，努力解决表亲难题，
喷火的，臭臭的，制造更多浪花的……
彩虹糖般涌出，多么丰盈的小卖部。

落实表亲就业的同时，史迪仔也在
驯服自己的爪子、牙齿，去练习拥抱，

填充自己的好人涂色卡，习惯不断地
把不同的物品放在一起，水和火、
花生酱和果冻、甜甜圈和芥末、
史迪仔和莉萝。莉萝也在练习这些，
信任自己选择的小狗，像理想的爱情——
只能得到一次，要小心保护。
生活仿佛一场迷雾里的两人三足游戏，
捆缚在腿上的弹性绳则是家人。像环游记里
系在气球下的飞屋，爱是伪装成重力的词根。
在最高的怀厄阿莱山为你接触雪，
制作永恒的三明治。"Ohana"，
无法忍心任何的抛弃或遗忘。

辑二　悬浮的行星带

夏天一次散步中沉默的空隙

影子划你的手
干燥的打火石

公路速写

水雾隐隐沉入阳光的漩涡
绿皮公交在柏油马路演出默剧
锡兵簇拥着广告牌低头收发无线电
飞还的鸟儿尽数迷失在春天的回形楼梯

To the Moon

梦境里的稽查官正奔赴下一场手术。
记忆短暂地桥接，照亮八音盒内

废弛的跑道。他延续一生的接力，直到
火箭的余波散去，积水拥塞敞开的船舱。

小像（其一）

三月的鬓角低低探出花来
灯芯赤裸，懵懂者们贫穷而热忱

那些古老的火苗一直跳，一直跳
溅出水来滋育地上的水仙

小像（其二）

月光牵引着犁铧。左脚与右脚
始终交替着追赶。踩动下的路面
析出微末的盐粒，而
影子始终搅动着遗忘的酒杯

花朵在禁锢里畅饮清芬

图 拉

世纪的大钟即将落成。这在践行
某种规律的浪费——郑重地，
时间被托付给时间的养分。

沉重的窄门开在天平的一端，
船锚随猝然离心的箭镞抛下，
一闪而过——风雨都止步在阳台。

象群迁徙指南

向北，再向北，走出预设的房间，
滂沱拥塞长街，冲掉逼仄的暗室。

源源不断的势，仿制一种迷茫的倾销，
光从围城射下——冷峻的切向加速度。

他们已在岛心，遭逢抽打如孤绝的陀螺。

"亲爱的，我将在加速中得以修正平衡，
终于，这是给予力的回合。"

收　获

十月的光线在外部劳作
尘土发烫，声音通过振动联结彼此

在十月的玻璃房，她小心翼翼地旋转、挪腾
太阳像一个笨重的蟹钳摇摇欲坠

果实在传递。幸福在分享中得到形状
所有的目击者都信誓旦旦

我们握着春天的树对秋天的信心
尝试理解，就像风雨也曾徙经我们的躯干

果　实

你想过吗，给养果实的可能是她的籽
她年轻的心脏，无根的井，孩童般沉睡胸口
她打水的脚步也小心翼翼地叠
像油灯下的针线活。她沿着生活走
走在任意的路上。她提着竹篮，听到
水流辗转弥合那些缝隙，窸窸窣窣
细嫩的纤维也会拔节

她握着钝刀子。在分岔口，路都是向前的
雨水充沛，任意的路都让她幸福
夏天蒸腾的血液正在皮肤汇成甜河

台式电脑

它首先到达父母的房间，并赋予那扇门
闸门般的沉重。打开它成了某种奖励，
比如咽下苦涩的药水，像原谅了生活
对我犯的错误。补偿是一个房间：
永不褪色的精灵与赛车，组成布满礁石
的内海。我们相连又独立，
在电子洋流的冲刷下保证宽阔的四肢。
长得快的人先绿掉。世界从蓝天草地的界面
向我们投影，直到我们一点点远离，
看到粗壮的树冠。树荫下重复划定
格子里的家。

流水歌

两年来，我们倒悬着奔跑，
一步步挨紧迫近的冰凌。
这些垂直的袖剑，在冬季也会
缓缓变钝，变湿，软成一团烟雾，
溯洄你身体的旁流。
这将是温暖的吧，扑面的水汽
像唤醒假寐的风车，
为胸口通入低压电。
礼貌且小心，像铺设时代铁轨
的方形火柴盒，规矩且方便折叠。
我们的愤怒容易抽泣，
理智容易训诫，只需轻拿轻放，
像阳光下一排排束口的瓷器。

像在深夜抽出并划亮的
短暂的我们，复将在白日染上温文尔雅的淘金热。

观湖后记

你仿佛知道了什么，长生的咒语，或其沉默的必要，
安静倏忽而至。形同折纸的戏法，你折好自己，
递给下潜的睡眠。
近乎所有夜晚，不大不小的火苗在壁橱跳动，
尽管那是潮湿的去处，未必适合燃烧与奉献。
幸而事情通常不是严格的演绎，比如你收藏的菜谱，
某段睡前的人物志。（你早已为他们设好隐匿的结局）
有时你间歇地咳醒，呢喃些词组，不规则的分行
像筑巢的鸟，你以你的角度采集，疗愈现实的偏头痛。
也许你会俯视整条街道，分类并打包坚硬的蜂巢，
给旧物新的名字。拾荒者，也可能是年轻的更夫
我们同样干渴，同所有植物，挥起小小的拳头。
有时你再次裹紧被子，天气也在悄然转凉，你迟早
醒来在这样的秋季。
整点的石头落落出水，突兀地点醒钟的睡眠，
一次相逢即将发生。你留下些东西，在我不知道的
房间。漫谈的脚步急声关合楼门，阴天垂散的吊兰
夹合你吐出的烟雾，在室内浮动。
信号灯亮起的瞬间，我触到湖面。

三　娘

供佛的十年，她虔诚得像一筒筷子
麻利，受用。扛着地上与地下
焦灼的沉默，快走成亦步亦趋的家鹅
偶尔，迟钝的老年机吐出流水歌
"让泪化作相思雨"。她用脚打着拍子
想象空旷的广场，城市在默诵中
抵御寒冬。人群持有古早的吵闹和温度
她的细胞是一座甜蜜的小屋①
自给且自我满足

出奇的。那些紧随的，黏稠了半生的
瓶瓶罐罐，在舞蹈里和平地共振
尘粒在沸腾。簇紧茸茸的光，向她抛
暖色的线团，像佛祖多年前抛出她或抛给她
这生活的迷宫，娴熟的积雨云，她在解，
从一步到一万步，反复画圆

她也有她的智囊团。仁慈且多智的小姐妹，

---

① 出自胡桑《县级医院勤杂工事迹备份》："他体内的细胞是一个甜蜜的宇宙。"

她们像导游或早起的鸟，推动生活的新浪潮
大多是讲座与宗教，她仰着脸听
很多张眉飞色舞的脸，像哭也像笑
有时她甚至觉得他们像佛。
这些西装革履的瘦高花洒，
正沿途纷纷撒下求道者的食渣，慷慨且热闹

小学机房

在门口戴好鞋套，窸窣的摩擦
约束着步子，要轻。像昆虫
收回薄翅膀，驻留在键盘上。
"今天我们学习五笔。"屏幕内，
彩色的通道滑落方正字，命令
被这些白色的甲壳吞下，牵扯出
有结构的丝线。汉字工厂，
我们只是它外部的观光客。
它的内部惹人遐想，会有工人吗？
这里太干净也太安静，没有油污
也没有铁器碰撞的鸣叫。也许
它才适合田野。只有电流传递的嗞嗞声，
像虫子的足与树叶绒毛间的摩擦。
一周只有一节课，微机课是学校
限量的糖果，要含着它直到色素沾满
时间敏感的舌头。多年以后，
我在阶梯教室里学习它的构造，
知道汉字的底层是一排排
整齐的英文。第一次操作代码的时候，
它们迅速地翻飞，传递我的话语，
哦，多么熟悉啊，风里的稻田。

冬季教室

教室用铁皮筒连接冬天，
像插入的导管，一节节复沓。
尽头的炉子搭建在教室中央，
作为车厢内唯一的动力机，
辐射温暖到整个空间——斑驳的肺。
在炉子的热气中，知识着陆在
波动的背景板，像海浪轻轻推起地图。
讲到喜马拉雅，它流下的雪水汇成江河，
山是否也有着湿漉漉的毛发呢？
它那么高那么靠近太阳，身上的森林
像从风雪中走入教室的我们。
我们也要流淌走，做水蒸气做泥浆，
靠着沉默的炉子。它唯一的声音发生
在散发温度后，煤块内部的松懈。
"喜马拉雅在板块的挤压下上升。"
最高的山或最大的煤块，每晚都有
拔节的声响。像炉子的拳头打开，
空旷的教室完成一轮次的抛撒。
离我最近的，沉默的喜马拉雅。

十一路

抵达前漫长的隧道，黑暗中莹莹的人群
做彼此的壁烛台，映出脚下软烂的泥潭，[①]
谁会在祈祷时遗下跪痕？大多数的跳跃
只是左脚踩上右脚。但我们紧张地蓄力，
像南迁的禽类，为一团朦胧的气雾打开
周身的舷窗。戴上耳机，就完成了躲闪
的动作。

"武行者走至月下。"流淌的某处匆匆寻回，
飞速脱手的镜头，水漂般扣动车内
的月台。体内的时钟约束着，不同时刻
推门而去的人。观音堂村，大北窑东，
机械地传递钢质托盘，按时投送按时交租。
日光灯下每日烹煮，为运行的城市
润滑或解毒。

出神的部分被白昼吮吸殆尽。步行街内，
沸水足以解渴。无数的街头表演——

---

　① 出自李子锐《在真菌所熟知的》："教堂与影子映出满廊烛火
的烂泥。"

碎掉磨盘，共同划桨：新语言，旧语言，①
蜂拥着转动魔方，

 渡过桥状的关联。
耳内的对峙逐渐绷紧，景阳冈上酒力发作，
雄厚的撞击回震行者的骨骼，打桩机般
倒数，颠簸而至的时差。铜豌豆蒸不熟、
煮不烂，做程序内精准的弦，易于替代的
螺母。多哀怜，我们自以为是的话语，
像一次低烧，汲汲地付给单向的声音。

 ——结算为沉底的苦药渣。
他感到平静，他的静止是无法迁徙的质心。
一二年，行者提着哨棒南下，见一块光挞挞
大青石，踉踉跄跄，直奔过乱树林来。

---

① 见万能青年旅店《郊眠寺》："新语言，旧语言，该怎样回答，不眠的时间。"

Song of Someone

英雄偶尔也需要犯错，这是她
与人类互融的关键。比如在冬天，
忘记关掉窗户，冷落花盆里
圈禁的绿植。像英雄偶尔也会
被关在门外，要记得我说的，

小儿女也要有轻微的坏心肠。
低谷是必须的，这不限于戏剧，
人物伟大的蜕变都来自挫折，
和小聪明被识破的瞬间。至少，
他们都有精心预备的缺点。

像你沉迷睡眠与网络小说，小英雄，
那些甜水会渗入你的梦吗？
让你落泪的，是否也带着咸味，
像一支海洋小分队，在我们告别
的拐角，转入暗暗流淌的地下河。

抖音里堆积起小视频，世界在
我们的电波里交换意见。
关于科目三，重复的启程让人厌烦，

生活总是落下你，像你忘掉钥匙，
与煮饺子的步骤。"毁灭吧，受不了了！"

可小英雄，你从未真的倒计时，
即使有人擦伤过你，以无意义的恶
或者寒冷。那些止痛片还好用吗？
或者，人类的一切都有时效，
比如爱，比如生命，还有优惠券。

"又是摆烂的一天啊！"小英雄，
你已经参透了人类的本质，一种
乐于在火星上种土豆的直立猿，
终极梦想是在另一个星系摆烂。
我们的生活，早已是伟大的切片，

像马奶和工资单，足以撑起一场
汹涌的征服。可你选择了小英雄，
不是大盗或者国王。英雄的使命
是成为一些普通人，拯救一些普通人，
在过程中被一些普通人抛弃，

同时抛弃他们。
小英雄，我听见了你的咳嗽，
从镜子的边缘，那无法改变的部分。
烦忧着你的，同样包围着所有的我。

我的世界是你最大号的纸抽，

承接油点、鼻涕，也会作为手帕，
包裹珍贵的勋章。作为人类，
眼泪是最重要的勋章，授予疼痛、
错误、爱本身，以及
小英雄。　　　　　　很晚了。

火苗在厨房里静默地画圈，
时间条从华莱士的空袋子，
倒放回中午的聊天框。多么寻常的，
再度穿越的冒险。记得提上拉链，
日复一日的梦想：晚安，我的小英雄。

早餐早知道

电台在吐钉子，固定遥远的世界，
也包括眼下的四方桌。语言如此包容，
它用柔软的平衡木喝令坚硬的符号，
发声止于嘴，发生却无边无际。

大事情太多了。台风就要袭来，
或者说，台风总在路上。
沿海课本的翘边，我们被翻阅到迟钝，
习于短信里不同颜色的天气警报。

还有更糟糕的，国际新闻里被对折
的陌生国度，像橱窗里塌陷的糕点。
这离我们的嘴足够遥远，却也带来
灾难的填充。类似暴雨前焦灼的空气，

而雨在另一端下着。这里只有风。
我们吃早餐，努力用包子面蘸尽
盘子里的醋，看洒水车熨斗般
温吞地弄湿街道。戴工牌的人

扮演往复的蚂蚁特工，行驶

在笔直的阔叶上。还有待定的角色？
对另一端的想象止步于此，像贩卖机
满足于统一的价格。早餐的蒸汽里，

温暖缓慢爬升，直到覆盖嗅觉。
复沓的街压断狭长的斑马，指路牌
立成世界的句读。我们听电台
宣读已上传的程序，多么各司其职：

餐桌在震动里弥合平衡，早餐
落入腹中，带我们融入城市的经络。
新闻里，生活被纵容一遍遍打湿，
而我们在回环里求证。风景加速，

高楼溢出爬山虎，塌陷的空气刘海。

夜晚，公园

一首关于公园的诗应该包含
厌倦的环岛，机警的长短句。
而我们是并排的乘客，日子
照过亲密的钟头，夹住嫩绿的喉咙。
环抱着暖风无限意，语言先失敏，
再失灵。你扶住我的天线——
外卖骑手复沓着街景，噪点般
打在无人认领的心电。

沮丧的是，对自己的辨认
永无止境。"那不如瞎掉。"
在我们周围，城市从容地瘦了，
拍打起肚皮，吐出夜行的蝌蚪
隐入不必急于认清的墨色。
起重机悬而未决，阔叶林扮演
幽暗的肺，谨慎地张合，
在尾句吐出暖色的放弃，
给一首诗应该沉醉的

替代的语法。"或者更直接。
放一把火，大叫着跑起来。"

或者想象做英雄，总会有
不易察觉的怪兽在破坏生活。
比如蜗牛摇摇摆摆，
吞咽酥脆的砖路。桥下，
滚动的痰富裕着疲惫，融化
踩轮子的甲壳虫。

"可他们只是装载时钟的
蜗牛和汽车。"多可惜，夜晚也只是
公园的穷举之一，它膨化的胃
暗暗咀嚼着花园。整个夜晚，
光线的集束一寸寸缝补辙痕，
我们走得很轻，踩在灯火的边缘。
没有刀山火海让我们去踏，
你瘦弱的手同枝叶们一起，
喂给我幸存的侥幸与羞惭。

澳洲来客

——悼金大爷

最后一阵慌乱的脚步，是否来自
十二岁时穿行报信汗涔涔的手？
可惜海腥在今后将无法避免，
想握住的又往往相隔甚远。比如
在展开的地图上，风筝轻巧的尾翼，
和风筝十字骨的锚点。你，
和你永远惦念的。
可惜地理将永不改变。在其中心
曾扩散的风暴和望潮的孩子，犹如
花纹之于瓷器，仕女之于扇面。
只有最后一阵心的急促是可信的，
可它来自什么呢？这蒸汽扼住的樊笼，
曾给予你南方泛滥的雨水，
望不绝的海港，以及短暂的晕眩。

还是怀念那些舒朗的笑声？
捧着君子兰换酒换菜，健硕的阳光
让街道如此新鲜，洋溢着
被子晾晒后的香气。那些爬上身体的
坑洼也都不见了，感受不到了。

或是去回忆宽阔的岛屿？它永远地
漂流在大洋中心，浮叶上明亮的楼阁，
闪烁如飞机下颌的蓝冰，教你的孩子记得。
可它们终将属于未来，不属于此刻
渐进的、鼓点般的脚步。
从黑土里走出的，终将归于黑土。
记忆是转瞬的内存，而地理将
永不改变，保持克制和遗憾，
仿造某种不化的巧克力——
你热衷携带的、适宜的甜度。

所幸地理未曾改变。它帮助你寻回
儿时的味蕾，酱缸和大灶烧起的菜，
以及亲人的样貌。他们大多不在了，
连同河流与鸟鸣。永恒的土地被
他们的孩子轻易继承。也许
某句乡音会让你愈发想念自己，
短暂沉入让人安心的匮乏。
可记忆只属于你和你曾当兵的弟弟，
"那时你来看我，劝我好好活着。"
无法再度穿行的禁停区，你们用
沉默和感叹掩盖。空白的时间里，
院子被燥热的天气烘烤，菜香
杂糅着苍蝇的嗡嗡声卷开门帘。

而我向往不同的生活，关于大学、
海岛和奇妙的动物，试图
靠你的描述构建另一个世界。
捏着异国硬币后的纹章，我初次
触摸地理的另一端，陌生而陡峭。
记忆终止于医院的消毒水，
伴随隔壁床位的荔枝，模糊的
红绿灯与长途客车的晕眩。
而你也受限于永恒的地理和衰弱的
躯体。最后握紧你心的，是否来自
十二岁穿行报信的起点？
无法再回来，像牢靠又脆弱的记忆，
只属于少数几个、不能传递的种子。
无法再开花了，恬静的玉佛。

蜡笔小新与娜娜子

爱在时间的壁垒上垂饵，有时化作
共游时垂下的手。那么近，像冰激淋
蜷曲的奶油尖，一次踮脚的试探
会让它融化么？小新不知道
小新有丰盈的爱，有固执的力气，还有
暗许的忠诚。有时爱也并非悬浮的行星带，
无数个需要的时刻，被成全的勇敢，
一个拼盘的花束，也将有力气缝补
客厅内每个沉默的洼地。小新知道，
爱是靠近，是周全。这守护着娜娜子，
也淹没着偶尔妒忌占领的玄关

通向她，经过排练重逢的家庭剧场，
西装与清晨的电视算命。我们是投缘的，
如果你也愿意展开春日部，耐心收听
自己的生活。像一本爱情交换日记，
吸食周遭的漩涡，包裹好并记叙成
柔软的海绵。遗憾如打翻的红豆汤，
也偶尔扮演错身的喜剧。娜娜子知道
真诚的可贵，也轻轻抚平那些
等待回音的涟漪。允诺都作数在那一刻，

流萤般牵引，奋力汇入海心的坐标原点

"阿雅击退鲨鱼，喝下啤酒，感到了幸福。"

辑三　奇异果

晚　风

穿山而过的仅剩口谕
森林，滚动的绿色口袋
且将噙满最后的河一支

建筑工地

锅铲的摩擦夜夜燃放，
作为城市杂乱的厨房，
你有固定的围裙。
碧水青山的楼盘广告，
替代了调味料和啤酒商，
或者干脆裸露出来，
像一片过敏的皮肤。

用客厅的糖果招揽孩子
——甜蜜的橱窗滤芯。
羞赧属于少数
作为主人的时刻。
忘记掩上潦草的案板，
或潦草的主妇。

小电车，莫松手
载得你周游。烟尘升不得。
塔吊亮着光，
构成天空的禁停线。
厨房仍要咚咚地响，
凭什么一口气。

山崖即景

热浪蒸出山川指节末的咸湿。
船只汇入渡口，归巢路上的涟漪，
划开蓝绿色的落地窗。破碎是长久的，
像海水永远无法结冰，归于某种平静。

动荡的还有远洋的欲望，生活之必要，
召唤着来去的轮渡。而海洋是
最柔软的虎口，驯服旋转的星球。
天空——仍旧遥远的蓝色防波堤。

努努与威朗普

推着雪球在峡谷里绕圈，像一场
躲猫猫比赛，找到更多的伙伴，

把雪花吹给他们。在蓄力中
制造冰场的精灵，旋转的弧线

因此发生。寻找是恒久的命题，
威朗普跑啊跑，像顶风的伞。

带上红水晶，不被应允的我们，
生活都折叠在身后。世界

只剩眼前的蓝。

围炉日记

围坐是温暖的，热流
像力缀在感叹的结尾，
跃入生活的凹陷。
这个寻常的夜晚，
疲惫也有羞人的可爱。
在造物的火炉前我们熟练地诵唱，
足够远的水，永远流动不息。

至于未知之地的靠拢，
数次七巧板的拼接后
静止的，我们的视线
渐渐交叉出微妙的几何。
所有都在打开……未知的礼物，
一如火柴擦亮的瞬间，
仿佛你习得了欣喜的释然。

杏花记事

天气阴翳的时候，我们在街上踩水，
路灯勾连枝叶，人影的缝隙垂入暖色
的花朵。衔尾排列、回环，努力适应并
攥紧手里的平衡木。还会生长吗？
更执着的时间，更琐碎的痒。
还有更多的提问，如何降解
凭空而来的代价？
潮湿的语境里，事物更易否定自身的
皱褶，适应短暂的光亮。请勿拉响——
按比例尺估算，涉险是自由的偏旁。

幼　齿

雪后，阳光是记忆对时间线性的挑战
亲爱的，十二年间全球升温
一个盛夏的甜腥
在午后以轻巧的角度握住他粗糙而疲惫的手
不断重复着过往的美学
那时我们的身体初试分离。一枚年轻的骨头
飞翔的意念咬住进化的饵，单纯如
抛出的硬币，在屋顶积雨里虚化
渐渐可人，渐渐不那么忠于生存

而那些细小的呼喊仍在人间徒劳奔走
赤着脚，围坐成屋顶暗亮的鳞片。仿照
童年议会的他与她，计划财产，人口，争论
头发长短的界线。爱是恍然生出枝丫的纬度
他们选择游牧，熟悉寂寞的雨水与次第老去的人
在耐心排列的月亮车间，打包薄荷粉并向晚风派送
春天的轻骑兵

万寿寺

常有人拜倒，于此祈求健康
财富，更多的运气，无数种
指向幸福的路途
借你的口，他们解释典故
让一些必然的发生更为合理
而更多的放生，常使你的河里充满啼哭
像多年前的流民渴求粥饭
鱼鳖猛然扎下，紧紧咬住你的乳头
一些疼痛随波纹徐徐扩出圆满

抛开人间，你同样漫长而残缺
缝缝补补，万寿难成永恒
与我们同样，你也有一些愿望沉酿至今
像水影中蓬松的另一座万寿寺
智识鎏金，城郭环绕
高高的台上，僧人的慧齿闪闪发亮

万寿寺，不求圆满是人间修行
即使坚强如支点，即使竭力葆有
此间的肉身。即使慈悲
好像慈悲是什么了不得的事情

仲夏笔记

1

夏天已然袒露，风景皆成负担。脚手架上，
疲惫的眼球压住赶潮的季风。
那又将涌来些什么？还是明月高悬，还是
仰望，还是淘金梦，岛屿卷入梦中却又将
你我推散

2

还有未尽的吗？我的影子，
我要熄灭些什么才能容下你？
曾是紧偎的手指，吹亮岑寂世界的煤
——我暗处的故人。共沐一处雨露
又背道而驰。无须憔悴了（我牵起你），
你的蔓藤将是新的吊桥，
火焰在舞蹈中挥起舞蹈。

3

你要勇敢。有别于思考的雕塑，你是呼吸，
是劳动与创造，真理即将新生并融化时间
的浮饵。不必急于抖落尘土，你抱着自己，
而非攥着绳子。

十字街

筋饼滴溜溜地圆，
丸子油锅里沸，起皱的菜花窸窣，
市场析出的晶柱
编织着此地的方言，也骨架般圈定
内脏的位置。
一切自顾自地圆满，
保持兼容性——同时打开嘴
飞速吞下快递包裹、吉祥码，出产
易于压缩的补丁。特定的时刻，
被命名为建设者。更常见的
是雨林里疾行的蚂蚁，
运回糖渣的纤夫

向这里招手。
与人叫卖的门洞，闲置的望远镜，
也将做你热忱的远房亲戚。
那些检索来处的人，
进行着艰难的仰泳，也囿于
连绵的敲凿。生活的腐殖质
有时也促销般冲上街道。

太多阻挡，太多粉碎①。

一切自顾自地圆满，从匣子里

拉出长长的报单，

恍然立成携带一生的柔顺偏旁。

<hr>

① 见梁秉钧《中午在鲗鱼涌》："生活是连绵的敲凿/太多阻挡，太多粉碎。"

游园曲

此刻，我们面对流动的声响，
银质的敲击下，景深的枯影匆匆泻落，
列阵的管弦如织。小圆号，金属花盘，
即刻沁出凝重的露水。晚风游弋，
大片的荷叶裹起全然的赤裸，
再度降临在我们的身畔。

这将是奇迹的夜晚，易于相信自己，
更易于承认生活的穷尽。
仿佛从经年的潜行挣出水面，
大口地填补干瘪的肺泡。
鳃行将退化成绵软的意向群，
生命的支流，徐徐汇入造物的细胞车间。

也曾奋力如人类的身体，
近似下沉的漩涡，持续翻找海水的疲倦。
海马体如何刻录光明的小窸窣？
这易于挥发的小物种，再度寄身
循环上演的旧戏剧。
一次念白，纸门的合页就松一分，
而背诵有若搭桥。

"何夜无月，何处无竹柏。"
年轻的工匠拾得散落的标点，
撒入大片文言的空白。
时间之鼓稠密地行进，被囚禁的字词
轻声剥落危险的隐喻之茧。

此刻，月色缓缓爬坡，静物之核
拓开丛林的阴翳，仿佛有钓线拉动，
革新的雨水徐徐浇灭湖面的雾气。
大胆地假设，小心地求证，
明镜之前，你我皆是伐桂的退步者，
反复探索边界的自由度。

糖炒栗子

栗子从哪儿来？
距离的藤条在地图上蔓延，
南方的种植园，北方的桂林路，
机缘巧合地勾紧彼此的手指。
时间更迭出新的羽翼，按住弓弦，
引发另一地的蝴蝶效应。
大地板块依照规律摇晃，撞击，
在秋风洗涤的甲板，
微小的栗子勇士们置身空间的漩涡，
迎风打开轻盈的降落伞，
滑过陌生的山山水水，做这个国家皮肤上
最明亮的露珠。
这促成着大的概念，也容得下我们
惯性雕琢星辰，也不忘地上的小人儿
加速牵住衣角，我们的头顶
尚冒着难以触摸的热气，
行走时我们仿佛在拉动抽屉的暗格，
收集旁落的话音。吆喝与叮咛

像拨浪鼓的鼓槌，跃入浮光的许愿池
从人群中传来的回响，

又悄然转入另一条荫翳的街道。
扩音喇叭滚动播放着商品名录，
一个国家的果实在一条街上打滚，
世界固执地结晶，你可以看到
一些简略的地名，正以具象在灯影下跑动。
长春是绿藻，徐州则是盆栽，
你用手比画着两者的距离，
借火车求出恒定的差值，估算着
一罐啤酒或一枚板栗来时的波澜。

你呀你，
当栗子打着转，糖分推开细胞的门，
抱着糖炒栗子，
我们的步伐也是度量衡的一种。

南岭指南

从我目前的位置出发，二公寓，一座红色的方块堡垒，她有着不顺遂的低矮滑梯，下雨时内部发出铁锈的气味。楼下有红漆长凳，有姑娘携着男孩的手套在此留候。

出了二公寓，顺着食指是一二三四五六餐，永远渴望蘸上新的荤腥；顺着其余的手指是各式戒指——永远不会幸福的婚姻；有逸夫楼，白天打翻的光亮的船；有二教，老树身上腐烂的清香；有一教，固执的阶梯教室、木质桌椅，我们成排位列接受物理学，像一群大头蝌蚪钻入将涸的池塘；还有图书馆，目光闪躲的门开往所有的方向。

东南西北中，燃烧塔从她心中拔起。① 我们在所有夜晚听到煤矿坍缩，像一个初到的老年渡客，生疏的关节感到无可奈何。像已废的皇帝，满足于告老还乡的中国结局，却又感到失落、生死未卜。时代的河流即将漫过我们，在贝壳里我们遭到挤压、困苦。我们的窗开向大海而大海给我们雨滴，或者犹未兑现的钻石。

---

① 出自苏画天《拔牙手术》："每一天，都有新的废墟在远处升起/有时它也出现在身体内部"。

南岭记

以我为参照物，逸夫楼开裂。AB 两区
考试的纠结选项，成合围之势
用光亮的碗准确扣住一尾鱼
铃声是汛期，人潮携斑斓降落伞，势能
冲开大坝。动能留给排队与咀嚼
一二三四五六餐，六块橡胶糖
所有的嘴都在开会，所有的嘴都在消化
含混着综艺、春招，金工实习的小铁锤
南岭生活着我
指挥交通，清扫落叶，偶尔为街道续好断骨

二公寓
木板床上每晚，啤酒冒泡。月亮搭在潮湿的肩
我们习惯睡前谈起传动轴，一些计划的期限
气压骤低。齿轮旋转，成环岛模样
德制机械臂，把盐均匀撒入所有开着的窗
睡梦中目击霓虹尾，寝室飘浮。我们
再次将头齐齐埋入西瓜
在南岭手术台，一些誓言逐渐酥软
磐石路上的蛋黄灌入松胀的饼，生态循环
饱腹即惆怅。娴熟跨越月光后

他三分熟的脊背

缓缓缓缓渗出深色的墨汁

青春期叙事

越界的疼痛被定义为某种谈资。比如
流产或街边的激斗，躁动的信息素
作为必修课的补充，搅动腮帮的牛皮糖
故事里的血液掺杂情欲，模拟
舌尖抵于上颚的痒，脱险般的甜。
有时我们也会交换，
谍战般低声，进化蚂蚁的小触角，
但这往往会演绎成炫耀。谁掌握更多
情报，认识更多隐形的规则，靠近心中的
权力。这样的交换往往发生在阳光下
不远处，龙潭湖的铁皮船
撺动惴惴的水面。绿藻逐步失控，
温水袋内，发酵的气息弥撒如传道。

见过激动的人，被习题册包裹的铁器
敲打着小型贷款，压力罐源于跳水的函数，
尖锐的部分被填充、抹平，粗劣的眼球
揪住早已打开的体阀，如同
羽毛球的高潮轻易灌入小段楼宇夹层
的填空。我们留着丑陋的长须，
青春痘玉米粒般缓缓膨胀，继而成群脱落，

而谷浆的味道，加速搅拌着油污与
成排的速溶旅馆，缓缓落成城市的起搏器，
抑或小小的投币口。生活就是叮当作响，
生活就是为了离去。有时也作为圆规
尖锐的喙，练习刺痛，而翅膀仍在挣扎。
"嗡——嗡——"当你走出，
像赦免一道月亮门，如此骄傲地
把石子踢入天空的夹缝。

三峡行记·郦道元

雪化是要紧事，记叙也是。
行入合拢的手掌，江水正
呼唤同样险峻的比喻。

文字的术师，研墨的手
也曾被兵戈震落。再目睹，
水与水的交锋落入旧版图。

四季纸上流变，人事
谢了再开，山水旧得牢靠。
时代的粒子磕磕碰碰，

唯有猿鸣凝结成注脚。
踱步，再听。回荡的渔歌
几要冲破整饬的排比。

青台遗址

行文到交汇口，若干的分行
堆叠成青台。下沉的轨道作为养料
浇筑历史的拓印。存在又离去，
土壤以颜色编年，史书或

地球系统的存档。切开它，
用探照灯和它对视。陶罐在地下
漫长地搁置，像冰箱里沉寂的
苹果，裸露出氧化的铁色。

落成九星，生出久远天空
投映的底片。苹果的种子
会在拥挤里排列出生长的线索，
多细致的观测能调配出

准确的星云拉花？校准赞美的语法，
或可满足永恒的充分条件。
精神闪电的挣扎，或可称为艺术，
想象生命烧光，即可打开

通向银河的窄门，返程的燃料

不必预留。真理的轴心外，
春风又绿何妨？植物的根
再发新芽，重构宁静的叶绿素。

水漂消逝，波纹落回投掷的原点
仰望的剪影压缩成文明的蛇蜕，
通过水漂的眼，世界背负着
无尽的圆。

龙门石窟

1. 督造官

接旨后，蓬勃的马蹄开满洛阳道。
图纸埋入山势，像指令
唤醒休眠的引擎。
民夫潺潺流动，模拟琐碎的鳞，
汇入这点石成金的戏码。

石窟里的佛像逐渐脱下
进行时的袈裟。谢幕的一刻，
她的心也经历颤动。
而后的褪色、腐蚀与她无关，
而后的流离、苦难与它无关。

鞭子蜷缩回名词的库，
一团纸藻在水杯里放松开来。

2. 工匠

再一次凿击，就可以剜下

佛像脸颊的石瘤子。
但他想悬在这一刻，让佛像
短暂地和自己相似。

这是我的创造吗？他想。
当碎屑酿出的阵雨
敲向犹疑的云台，
他的手正扮演声部的某节。

可再漫长的间奏，终归是
流逝的滚石。他听说，
佛在成佛前也是人。
当佛像塑成，佛就比佛像

再大上一圈。再高的山
都无法容纳，再坚硬的石像
都只是佛上一刻的蝉衣。
更坚韧地相信从此脱身，

由无数的手托起，纷纷落木里
恒久俯瞰的视角。
斧凿与流水都是道路，
秋天高亮，他挥下锤子。

3. 访客

许愿池里，林列的石佛像硬币掉落
滞后的气泡。想象一种浮力，

打捞捻在边缘的念头，合十
仅在岸边纠缠一瞬，圆圈拓印千年。

毕业诗

——遥赠南岭诸友

如你所见，攀缘的静物
正在反复拆解、定格，
供踮脚的孩子折走
杏花疏影吹笛客。光圈里，
拓印的街景逐次接入，尝试唤醒
标定年轻的指针。"抽调与命令"，
分发的人面容温暖，一些留下，
一些被覆盖，同时意味着覆盖
异处的底片。
中断的程序不忍拉低：
"青山不改，绿水长流，苟富贵，
勿相忘。"装车的俚语里，
我们健硕、坚韧、富于弹性，
勇敢且冷静地掷向陌生的墙壁。

还有更多值得尝试。
比如冒险，穿越车辆的方程组，
从流动的人群，习得远足的技巧，
更多是心境。有时计划仅供参考，
自由多易取，合理的取得亦将接受

合理的收回。

年轻同样，被徐徐分摊，简陋

而不自知地，吐纳最小单位的海。

"吹亮，吹亮，这岑寂世界的煤。"①

海浪是你心底的奇异果，等待

被切开。未必成熟、足够恳切。

---

① 菲利普·拉金："吹亮，吹亮，这岑寂世界的煤。"

辑四　试金之心

雪　后

群山收拢起秀美的鬃毛
黑夜暗自揣度盾的反光

粉刷厂

兄弟你大可不必在意烟尘
握紧刷子我们会满怀期待
一个又一个屋子色彩渐进
空气也将被欢愉默默填满

兄弟我会传递灰白的小桶
你要扶住梯子像握紧锄头
我们何必记挂地上的果实
天空明亮我们就靠近天空

焰火观礼

焰火，顺承自然的抛物，
未经打磨，即刻真诚地叩响大地之窗，
直白宣示存在，明亮拒绝延迟，
一生中全然相信的时刻，如是坚决。

色彩交汇，隆隆的马车作践着
西瓜的宇宙，直至踏烂雪泥。
云端的建构匆匆枯萎，
温度不能为观者停留，
燃烧何其近似想象的无序。

触碰不到的就解释为永恒。
我们仰望盛开的代价，大幅的团扇，
勇敢的奔赴者，遥远而短暂。
是圆满也是初相，今夜，
流窜的火星也有试金之心。

黄昏记

黄昏之前
车前草垫下微妙的伏笔
天上的灶沿再磕碎一枚鸡蛋
千万种烟气，连起地上的火焰。
田野平躺着
牛羊成群，载满呼唤走入腹丘
远山卸下甲胄熔金成汗

等他们回来
麻绳将水桶举过头顶
泼下去——
菜叶，沙砾，牙齿，月亮的影
当葫芦里的人开始醒来并歌唱
我们晃动的一天就此泊好
就此完整
时间只是一个平和的名词
却因你形容的馈赠而辉煌

清水湖

光瑟瑟地落入，像低空的滑翔，
呼吸的序，自由驶入空旷的候车大厅。

走进这里时我们也变得扁平，
湖水是不断下潜的二维空间。

应和鱼群低频的呼唤，古老的词句
电波般导入我们年轻的头颅。

犹如一段弦乐的小滑音，
你短暂地冒充垂钓者，放松
时间的钓饵在水流的推搡中变幻外壳。

此刻你的眼底也乘满新水，
决不轻易摆尾逸去。

有

有很多时刻，语言是缀余
比如你在厨房煎蛋，油点嗞嗞
与电视上无聊的肥皂剧
沙发上悠闲的我，一起冒泡
你要大声地吼我，音调像你从前的高马尾
把我提到饭桌上，像把我
从摇篮里轻松地抱起

就这样每日晚饭
像散步与拌嘴，我们永远一起
也要有太阳在天边的灶沿，磕碎
如一枚普通的蛋
我知道，那是另一个母亲的讯号
用日复一日的苍老
唤回疲惫的白昼与群山

小　戎

一起把日子种入稻米
宛若制陶。你穿你的格子衫
用玉做的名字溯洄流水，返还忧伤
可如果，那个反复的动作不是砌
不是纵容一个扇面的花期，不是
月色于群山开悟的轩窗
我的占有也将毫无意义
虚度一户又一户的寒砧
永远安静而迟钝地生长
仿若替春天裁花。也永远祝福
我们爱一切余温，却不代表身处黑夜

致 L

周围落定的食客，
像不断张合的机关。
关于艰涩的生活——
咀嚼声掩盖了它。
言语越发简单，像白盒实验，
我们拆解几岸的鲫鱼，
把骨头拼接成新的图案，短暂地
成为穴居时代无聊的原始人。

碰杯是不可少的。
随后是你向我描述
向往的花园、不断变化的居所，
还有你的工作，悬挂
搜索框下陈列的广告，
做赛博世界的柜员。
而我依然在努力校正
不对称的词语，尽力呈给你
我的宇宙。即使更轻更紧张，
更空白，也没有关系。

与友人书（其一）

我应该是那只狡黠的兔子
身披月色啮食京城的青草

而你在信中描摹细雨
烛影忽颤，笔尖略略一斜——

即使坏掉的字也是美的
偶有的创造，像隐没枝叶的露水
吹给你的风也让我微凉

拜托了
不要提那么多会让我开心的事
无论多远，我都想拼凑出你狼狈的模样

岁暮时，我们围炉取暖
信被大声地读给流窜的热气
记忆的浮冰澄莹如水晶

"这会是我写的吗？"
你懊恼地深深向后仰去
顽固地，尝试抵赖我们曾共有的一切

与友人书（其二）

你再次谈起孤独，再次在成都
裹紧深秋。

四处染泪的山城。连马腿都是短的，
你总说成都太大，
人们结下的茧，又太厚太重。

你也说成都很小，
像自动贩卖机。你记得每一种敏感的价格。

久居南方，灵魂越来越轻了。
你立在纸上，向我讲述红叶与潮湿的空气。

"川蜀的秋宜掬一捧。
即使新凉，也无法抑制悲怆。"

自去年秋天互为远方。
"人生如浮萍，雨打风吹去。"
季节之诗越过山谷滑入平原的迷雾。

长白辞

"泪眼婆娑处，白发尽头时。"

——安扬

除去赞美与观察，会有更值得的事情，
比如借得火种，窥见留守的草木
推演古籍。密集的造物，
被惯性催生，无数细小的力，飞雪
也将在夏夜中酿造。这轻轻的振翅，
造物主的舍身，在池水的边缘也能
染上渐进的凉意。足够的澄澈
会使登临的心也明亮么？

比如瀑布与森林，比如面壁的此刻独属于
人的黯然。有别于神迹，
你不愿挥霍你的祝福，仅仅蓄下池水，
这温柔的握紧，风雨里
不断洗亮群山深处的浮雕。
这些崭新的出发与归还，夜夜，
从你的手腕迭代出星辰的光辉，
无数次照亮沉睡的宝石，直抵白发的尽头。

旅途的假设

旅途，旋转的门，具象的邮票，
辉煌宫殿里逃逸的青花，
时间之神正举起剪刀。
柳暗花明太过虚幻，
我们只要巨石般的黑暗，
沉入自己或向彼此偷渡。

又或者你可安然享受抵达的喜悦，
任由两地拉起坚韧的网，
将你我打捞。比日落
更绵软的着陆，那可是你心中所想？
滚烫的虫洞后，
旅途是干干净净的旧衣衫。

归乡记

当马蹄轻轻踏落，另一个我苏醒过来
满耳的乡音，一粒火突然迸溅
多年前怀抱的瓦罐，随之呜呜作响
我仔细分辨房屋的轮廓
记忆中，它总向我投下巨大的翅膀

纸上的桃花忽明忽暗
我的手颤抖着，时间使人恐惧
再握住门环的新铜，风仓皇地瘦下来

黄昏广场

天气已如此明白，你要来的消息
像一阵太阳雨
广场熔满流动的金色

且斟这一天
经历了却未曾言语
瞬间的爱，从关灯的那一刻起连绵成山

她的食指开始变软
戒指也开始
徐徐露出行星环

九月即景

九月的伊通河
九月的手臂落叶萧瑟

九月我们首尾颠倒
黄昏退守琥珀，鸟鸣错身绿洲，城市顺水漂流

九月的伊通河
九月的心脏无限荒凉

河面的凉意蕴藉慈悲
没有指尖可以私有蝴蝶

九月归属离散
鱼群追逐荧光浮漂，港口泛滥而遥远

九月是沉重的金子
我们时常回溯，像残骸上忍耐风雪的信鸽

日复一日磨亮水光
没有更多念想，在伊通河
九月是这条河先老去的部分

雨中大河

雨时，灯火晦暗不宜读书
你转身，蘸着秋霜描画蜿蜒的石子路
时间像一篇诗。有长住眼中的人陪你静坐

折过一阶雨声，恍然间走入大河
温厚硕大的水滴抱紧芦苇，浮漂反复地坠
数不清的鸟儿掠出层叠的水纹，波荡无声

如是念及前尘，重与轻，南与北，剑柄与剑锋
一个摇摇晃晃、以伞为舟的人
一条纵贯浮生的大河，反复地念，反复地渡

真愿就此走下去，书里也好，河上也罢，缓缓而独行
一个人的住址不能只是一个地标、一串数字
"你像极了雨。你让我把自己沉下去"

连韵书

去吧裸露你麦色的小腿在雨中尽情踢踏
微笑如十四世纪酿造啤酒的修道士
画出肋骨画出受难画出晚餐一切神明即你
烟灰掸在我衣橱里喝饱隔夜茶的毛呢大衣
你镜中的我是饱含情欲的罪书一封
我爱着你理想像雨滴九月的鸟几经迁徙
你的爱毫无名目从珊瑚的网孔占领海洋
经年后诗文蒙面劫掠陆地如下旋气候
手捧桃花久扣柴扉你递给我小袋咖啡豆
悲呀喜呀唱过喏流过泪快带我飞奔啊
三桅帆船撑开潮湿春季日光沉淀乳晕
来吧你棕红的马尾游牧城市唯荒凉可耻
在雨中在黎明的插线板上我们发现彼此
时间的窄门前停有跨海大桥落满啤酒花

回杯记

顺着你的锁骨勾连挥霍，看到穿行者
堪赏赐你，毫无用处关怀，什么份上
也总是紫袍金带的公子王孙排在前面
列阵供仙窟中人拣选，于是再无失望
我的朋友，坐下来把东西吃完，求你
努力脱离那些再没有什么话讲的生活
多讲一讲自己，而非虚晃一枪的露水
舍命闯进凡尔赛宫。仅仅坐下来听听
一颗踉跄而暴动的心脏，曾甘愿为你

尝试着放松肉体，倦意都消散于清晨
而非执着于炫耀它们，满目琳琅香火
爱情不应是捆绑与异化，或你向外人
的橱窗。一切都喜人得可怜。若你的
心空落落，且悬着吧，虚荣又岂能做
贴身的软猬甲？你有过爱人的，仰望
他的环岛旅行，他扮的霸王徐徐弯腰
或者也愿意坐下来听听其他可笑的事
我又怎能惊心触目，又如何寸断肝肠？

你不必再找寻新的朋友，伪造优秀的

成绩单。也不必为陌生人修辞堂皇的
理想国。你的不安全，堪堪来自本源
你的虚荣也仅仅由香客进奉，而他们
也将觅得新的庙宇，仅把你做城隍的
土地庙。在生活里，信仰都化为乌有
我的朋友，莫再抚那飞天的壁画，就
以亲历的口吻讲述一处楼兰。且听那
栏杆拍遍，无意弹舌，一片北疆荒芜
抓不紧也系不住。莫再描画且拍马吧

抵 达

步履
如何浅尝辄止，如何在落下时
软糯。且尽可能贴伏地面
要如风，还要似
一座小镇春捣时的言之凿凿

足迹也是语言
我们渴望飞行，更远的地方
有更深的沟渠静候雨水
同样，无数种理由催促我们
挣脱根系，反复迁徙

反复击打
一味可触摸的温暖总要千锤百炼
一处宝藏总要由水裹挟，渐渐沉没
而一个终点，总要在恰当的时机
习得半途而废

于是水天相接，我们停下
围好栅栏，驯化野兽
向更早的人讨要种子与旧水瓢

（礼貌谢绝他们将说的种种）
并勇敢地
赤脚栽种水稻
用秀美且年轻的牙齿发笑

黄昏辞

从南方的城市望向我的土地，山海关像一丛可笑的杂草
多完美的黄昏呦
连窗外的枯枝也被打上光洁的蜡
像垂暮的赤裸女郎，庄严、肃静
明亮的日子里
蚂蚁绕着红砖穿针引线
在小小的堡垒里衍生出时间的黑洞
吞下不断被重复的劳碌，多余的光晕以及难以融化的脚印

而生活的破绽
往往来自霉斑、破碎的瓦、物质的消失或者错位
鞋子丢在犁过的地里
炕席下发现两张熏黑的粮票
幸存者的姓名早已过期
躲在角落中的暂住证里，延续着喘息
而更多的，则是努力化成液体流入不同的容器
顺应季节、时间，一代又一代
顽固地转动生活的磨盘

却会在某个黄昏，想起一只跑丢的鞋
像蚂蚁穿山越岭，也会在河流前却步

抱成一团，努力跨过时间朝我们裂出的缝隙

所有偶发的沉默都如此默契

借此，我们短暂欣赏赤红的煤块

感念一些温暖，倾听火炉里偶有的惊叹声

那些忽生的恳求就像雪花一样，恍惚间又熄灭在我们的身体中

我们总是平白无故地活着

可至少这一刻，我们平等、虔诚

仿佛衔住尾巴，就共同拥有了幸福

松鼠记

树木对攀登葆有母性。即使疼痛
即使松鼠因庇护遗忘飞行，即使
松鼠衰老，粮仓在地下氧化燃烧
抑或他奔向新的阁楼，狠狠关掉
朝向你的窗。唯独不忘撷取果实

奉献且无惧背叛。至纯之爱
莫过松木留给松鼠柔软的羽翼
纵容天真与薄情暗暗掩住枯枝
掩住雷声、蚊虫的繁殖与入侵
钥匙旋开旱季时土地缓慢的龟裂

蓬松尾鎏金。你爱看夕阳融化他
仰脸思考的小模样。划破天空
捧给他大朵郁金香。生活无危险
你把他举到神的唇边，私有晚霞
在肥胖的手腕系好幸运的红绫

某日，根系触及他曾私有的房间
皮肤上爪痕滚烫若新生胎记
想起他狡黠的闪电、傲慢的夺取

与椭圆的回归轨迹。想起离去
凉风与脚下的火山岩夜夜相对

想起深爱不致挽留，即使虔诚
想起树冠下，时间沙漏滤去耐心
空气中盐粒跳动。想起澎湃的风
淡蓝的河谷，一只松鼠展开双翼
踮起脚暗暗生长的岁月一去不返

辑五　直击火星

火星移民白皮书

人类暂时无法通过豢养微生物
得到抚慰。因为它们看不见，
而人类已经为看不见的事物
付出太多。越虚幻就越危险，
无言的戒律最大。心是内置
的黑洞，它的阴影远大于太空，
足够推演无数种宇宙诞生的可能。
世界的本体是柜子，人类看到的，
只有他此刻拉出的抽屉。注意，
不要拨错号码，人类只有
一条时间线。

人类还拥有灵敏的感官，对气候，
对味道，对他者的情绪。
人类知道自己拥有皮肤和舌头，
但有时会忽略掉心。
并非完全的真空，声音可以
在心与心之间传播。
从生存的角度来说，完整的身体
足够人类作为常数被撒入
新的服务器。（磕磕碰碰如豆子）

但火星需要的是能够将心

无限放大的探险家，屏蔽掉疼痛、

恐惧。需要让那些摇摆的天线也

接受名为勇气的生物电，

或者仅仅感官上的欺骗。

都足够，抽屉里是相同的物件。

先遣队

这样呢，拉开门，命名
首先出现的信物。拥向我，
袒露它内敛的燃烧，
隐匿而致命。想象另一种
握手的可能，曾在此衰败。
而我推动着我。去行走，
抵达绵亘的红墙，尝试
宽宥束缚的星尘。解放吧，
宇宙的从句已被翻译，
而征服的语调永远
依托于回响。务必亲眼见证，
真空脱力，奇迹的果核
转圜细雨。桥都沸腾，
水滴广播复沓茫茫的蓝。

火星松鼠

基地中央，作为种子藏身生态瓶
的小家伙们，粒子般往复扰动，
不消停。绒毛的波浪线，
落在盆景阴郁的脸上。

人工降雨后，空气湿润地吻着
松树，像嘴唇到达胡荏。
抵达另一个嘴唇前，对疼痛
最初的品尝诱使松果

长出鳞片。通过食用松果，
松鼠也尝得到，针刺般
控制它停顿。但直觉
催促它奔跑，用

圆珠笔掉落后发涩的笔尖画
绒毛的波浪线。

地球遗迹

阵雨后，湿润的街道
开始纺织声带，平翘舌音，
游弋着拨号般匆忙，等待
呼出什么号码。楼层间
鸟鸣穿梭，一通电话
需要消耗一阵小跑，
长途则要穿越一整块陆地。
新的地貌在展开，类似
跳棋的规则，鼓励你
吞下这生冷：结冰的车流。

发电机和文字也都静止了。
楼盘空置，等待什么声音
去认领。越强壮就
占有越多，规则依然存在，
忘记奔跑，也无法
甩开奔跑后的惯性。
一如文字背后的还在上演
空转的剧场，候鸟在暖风中
抓取的曾是谁的手臂？
还有什么在跳动不息。

静谧的水泥森林，铁塔
正迈向更险峻的悬崖。

进化论

温度仪慢放火星唱片。
寒冷，拧不来雪花杂音，
乐器都顽固，干冰、固态水、
氧化铁，演奏低频的战争组曲。
什么都在改变，衰弱的重力
以及慢放的季节。

遗传学岛屿松动，编码表的刻度
像不留神的琴键，某个音
"唰"地陷下去，再跃起……
细胞内的潮汐汹涌。
脱去奔跑的树丛，疲惫张开嘴，
试图打一个舒展的哈欠，

都在恒久地云雾，猜不得
也看不透。急促的鼓点
敲不响软骨包裹的三角铁。
唯有记下此刻心电的密文，
壁画云盘，在朝在夕。

奔向宇宙

打印机顽固地后空翻，明晃晃的油墨香，
翻拍新世界的授权书。新瓶子装旧酒，
日子就这么继续，光天化日，大事情变
小事情，小事情变得更小。不是沙石的小，
而是膨化食品的小，碾碎不伤同情。奔向
宇宙的心多少重量？称一称它的阴影。穿越
字眼的绳索，系成新制的铜钱。地球火星
几道弯，商品河倒映一轮月。典当了雄心，
卫星环是崭新的枷锁，从地球掷出，套牢
红色的新大陆。奔向宇宙的心多少重量？
且看欲望的水溢出多少。征服过后是生活，
一如海水涌来，高潮过后是泡沫。数一数
尾随那颗心的物件，光点后的阴影般
时刻追赶，伪造海浪的错觉。而生活永远
趋向齐齐地涨退，先锋的势能总要粉碎了
才证明自己，奔向宇宙的心多少重量？
后来人算不清。只有占领已被探清的版图，
用盲目扩张的欲望，拍打眼前的门。这
最后的阻隔，往往等不到钥匙。偶尔，
生活的势能压迫着心前进。它短暂地赋予心
奔向宇宙的动能，并期盼撞击的回响足以

弥补它空旷的躯壳。更多时候，它安静地
消磨自己，封锁一颗心的不安稳。一个光点
如何挣脱一个自足的圆？恒久地，光和热
的刺痛才能造出缝隙。奔向宇宙的心
多少重量？它逃逸的速度无从计算，只能
从已知推导：上一具躯壳，上一次压迫，
翻滚不停歇的海浪，以及永恒的、机械的、
规律的打印机。你听，它正顺着节奏
舔舐边界，渴望越过又感到恐惧。轻盈
而虚弱的黑暗，多少重量消弭在这里。
而真正的黑暗永远等待并寂寞。
奔向宇宙的心同样。

安德烈夫妇

第一幕　火星计划

最近，安德烈总是头晕目眩。

他觉得那是近视眼的缘故，

一切都离得太近了。楼与楼，

办公桌与办公桌，

下班的时间和上班的时间。

一生的大部分，他都像狂奔的兔子，

只有驻足进食的时候，

他才有机会看看世界，

从老板的手里接过远方牌青草汁。

在这个简单的时候，安德烈

遇见了后来的安德烈夫人。

在接过青草汁的时候，

他们的大脑都被"远方"统治了。

你尝到的远方到底是什么呢？

安德烈问她的时候也在问自己。

火星？安德烈被此时的安德烈夫人

吓了一跳。当时的安德烈热衷

做草场的主人。关于生活尽头的想象，

理所应当地指向青草汁的尽头。

可火星没有青草，也没有汁水，

没有现在能看得见尝得到的……

"可你不想知道世界的模样么？

坚硬自己的心，视线做你的锚点，

不再是虚构的光电，和被机器

咀嚼过无数次再吐出的、安全的

青草汁。"

安德烈感觉青草汁

正在胃里重新翻腾出叶片上的锯齿，

火星上应该有呼呼的风，

他感受到了，当安德烈太太

在他的身边。

第二幕 婚姻生活

最高理想，安德烈这样概括。

每个家庭都会有，为此他们背上贷款，

有车贷、房贷，还有助学贷，

他们也认领了自己的贷款。

把生活的部分留给讲座，

与一本本的调研报告。火星

像书签一样插入他们的婚姻之书。

他们关心进程里的每个节点，

像关心陌生城市的孩子。和

所有父母一样，他们不太懂孩子的工作，
于是，三餐气候和新闻报道
对称了下来。

安德烈太太会在本子上记录，
像记账一样。还有他们一起钻研的知识：
火星的地图，火星的环境，
适用于宇宙的方程式。
可惜大事业往往只需要几个人推动，
安德烈夫妇只能注视。但他们
并不为此着急，承载全人类的飞船
每天都在被最智慧的脑袋建造，
他们只建造属于他们两个人的。
即使安德烈太太离开后，安德烈
也在坚持建造。这注定了的事业，
或贷款，他愿意继续偿还，像
用脚重重地敲醒楼道里的声控灯那样，
固执地明亮。如果你看到黑暗，
那是安德烈不经意的打盹。
不久后，灯光会再次爆开，
然后是电视新闻，剧烈的咳嗽，
和再次的黑暗。

第三幕　安德烈太太的笔记

"火星上我们最可能吃什么呢？
是土豆。土豆很容易种植，
有极高的热量，所以不要厌烦
每天的土豆泥土豆丝土豆酱。
他们是真正的军人，在餐桌
用一生筹备无法预见的战役。"

"在基地的中央，我们可以
养一只松鼠。低重力下，
它可以蹦得老高。它会保持
飞翔般的跳跃，还是回到
地球上的习惯呢。无论如何，
它都是火星松鼠，违抗改变
也是改变的一种。"

"火星车的眼睛用什么构成呢？
因为存在扬起的沙尘，
摄像头会被沙暴迷上眼；
激光雷达会造成混乱的点云，
像夏季湖面扑来结群的小咬。
最后，科学家选择让火星车
适当地闭上眼。多么美好的

睡前故事结尾。"

"你会搭上去往火星的飞船，
那里很冷很荒凉，这是边界
一开始要承受的。去那里开凿，
去那里建造，或者就站上
那么一小会儿。代替我真正目睹它。
遥远的路途，都在我们的身后。"

第四幕　火星船票

仔细算算，他们的一生
都在为火星做准备。
火星温差会很大，安德烈带着
安德烈夫妇预备的太空服，
只有一件（他们并不富裕），
还很臃肿（里面填充着过时的隔温材料）。
以及各式各样其他的：
种子，被子，土豆，微型发电机……
当安检人员把长长的行李单
缩减到只剩一个双肩包，
安德烈感到沮丧。"真的都不需要吗？"
"都不需要，先生。你的票价已经
包含了一切。"
安德烈把船票夹入他们的本子，用它

盖住座椅上预留的《火星生存手册》，
这是他最后的倔强了。

在过去，安德烈无数次
想象他们会看到的太空，
漂流的碎屑，地球的全身照……
为此，本子里盛满彩绘
和裁下的照片，寂寞而丰盛。
现在他要走进那片草场了。
他拼命向外瞅着，透过一个小窗格，
太空黑得像黏稠的墨水，
偶尔闯入闪光的钻石，像极了
安德烈太太最常戴的发箍，
阳光下的比宇宙还要耀眼。

安德烈满足地靠回座椅，
他的终点似乎停留在了这艘飞船上，
而这里是其余乘客的起点
安德烈，他知道自己已经停下了，
在途中他一直坚持带着
抵达的、胜利者的微笑。
他依然遵守着本子里他们俩的知识，
精神会在消逝后重归宇宙，
到每个粒子能量里去。
他相信安德烈太太感受到了，

那种远方牌青草汁喝到底时
青草独有的苦涩，他希望太太
也品尝到，这才完整。
他已经喝光了，不是很醉。
(其实他们早已喝光了)
唇角毛茸茸，青草要长出来似的。

图书在版编目（CIP）数据

松鼠记 / 吕周杭著.-- 武汉：长江文艺出版社，
2024.6
　　（第39届青春诗会诗丛）
　　ISBN 978-7-5702-3459-2

　　Ⅰ.①松… Ⅱ.①吕… Ⅲ.①诗集－中国－当代
Ⅳ.①I227

中国国家版本馆CIP数据核字（2024）第005946号

松鼠记
SONG SHU JI
_____

特约编辑：隋　伦
责任编辑：胡　璇　石　忆　　　　责任校对：毛季慧
封面设计：璞　间　　　　　　　　责任印制：邱　莉　王光兴
_____

出版：长江出版传媒　长江文艺出版社
地址：武汉市雄楚大街268号　　　邮编：430070
发行：长江文艺出版社
http://www.cjlap.com
印刷：湖北恒泰印务有限公司
_____

开本：880毫米×1230毫米　　1/32　　印张：4.5
版次：2024年6月第1版　　　　2024年6月第1次印刷
行数：2904行
_____

定价：52.00元
_____